남 천 일 기

황명자
포토에세이

남 천 일 기

White
Wave

새들의 사랑법은 지극하다.

새들이 인간의 언어로 다가온다면 어떨까?

그들만의 언어는 도무지 알아들을 수 없지만

펼쳐 보는 모든 이의

영혼은 매순간, 자유로워지라.

"프리덤Freedom!"

–

자유를 찾는 모든 이에게
2024년 저물녘 남천에서.

황 명 자

목차

1부

2부

3부

4부

5부

자욱한 시간

새들은 어떻게 안전지대를 찾아내지?

새는 늘 인간보다 더 나은 답을 찾는다.

― 데이비드 앨런 시블리

날이 저문다.

다시, 날이 밝아 온다.

그 안의 시간은 날을 밝히기 위한,

다시, 날이 저물기 위한, 준비일 뿐이다. 모든 새는

여기, 남천*에서 둥지를 틀고

사랑도 나누고 먹이 활동을 하면서

세상은 힘든 날만 있는 게 아니란 걸 깨달아 갈 테지.

계절이 바뀔 때마다 언제나 마지막인 것처럼

늘, 처음인 것처럼 내 삶도

아픈 만큼 자유로워지리라.

* 경북 경산시와 대구를 잇는 천川.

감정놀음*

" 당신은 누구세요?"

생계가 걸린 삶들이라면
아무리 외롭더라도 고유의 영역을
선뜻, 내준다는 게 쉽지 않다.
그들의 치열한 먹이 활동을 직접 본다면
감정이란,
놀음처럼 느껴질 테니까.

*마음에 이끌려서 공연히 하는 장난.

대이동

새들은 원래 있던 곳을 찾아내는 능력이 있다.
고향을 찾아가는 철새들도 멀리, 더 높이 날다 보면
사랑하는 가족이 손 흔들어 반기기라도 하는 듯
정확한 착륙 지점을 찾아내어 안착한다.

그곳이 부디, 청정 지대이길.

질문들

인간들이 새들을 부러워하는 이유는

날개가 있기 때문일까?

창공을 훨훨, 날아다니는 새들은

그들이 자유로운 존재란 걸 알기는 할까?

물살을 가르고 올라오는 악취들을 감내하는 새들,

인간이 남긴 수치스러운 소산을 어떻게 받아들일까?

과연, 인간과 자연은 다시 친해질 수나 있을까?

우월감

새들은 영리한 족속이다.

인간은 삶의 경험이 가장 적기 때문에 배울 것이 가장 많다.*

부지런함, 모성애, 생활력, 지혜, 독립심 등등.

가르치기보다 배워야 할 게 많은 종족이 바로 인간임에도

늘 우월감에 사로잡혀 후안무치가 되어 간다.

새들은 인류에 지대한 공헌을 해 왔음에 자부할 만하다.

자연이 인간에게 준 귀한 선물을 감사히!

*로빈 월 키머러, 『향모를 땋으며』에서 인용.

시체 동작

고단한 날개,

그렇게라도 쉬라고 무심히 지나쳐 주는 배려,

인간의 몫이다.

내 몸이 쉬어 가라는 신호를 보내올 때

저 새들처럼 쉬어서 새로워진다면 얼마나 간단한 삶일까.

관점의 차이
— 흰뺨검둥오리의 일기

고난을 견뎌 내야만 살아갈 수 있다는 것을 터득해 나가려면
나날이 고단하겠다.

휘, 휘, 휘.

혹시 모를 위험에 대비해서 날개를 크게 치며 뭍으로 올라와
본다.
일상이 전쟁인데 보는 관점에 따라 평화로워 보이기도 한다.
평화와 전쟁의 차이?
평화를 위해 전쟁을 하는 삶,
누가 만들어 낸 산물인가.

첫눈

홀로 선다는 건 고행이다.

겁쟁이라서 무리 짓기를 좋아하는 백로 떼,

첫눈처럼 내려온다.

물에 발이 닿는 순간 녹아 버리면 어쩌지?

난 아직 홀로 설 준비가 되어 있지 않은데?

나무와 새

천과 산책로는 데면데면한 이웃 같아서

적당한 관계를 이룬다.

적당한 관계란, 삶에 꼭 필요한 수칙이다.

지나치게, 가까이 다가가지 말 것!

인류의 오점은 결합에서 생겨난 것.

너는 너, 나는 나일 때 세상은 경이롭다.

독재자

아름다운 짝을 만나 사랑을 나눌 때다.

혼자 고고하게 먼 데를 바라보고 있잖은가.

강인하지만 왠지 고독하거나 공허함이

뚝, 뚝, 묻어나는 물새의 우두머리 왜가리,

군중 속의 고독을 몸소 체험하는 독재자 같다.

사실, 왜가리는 겨울 철새인데 생태계의 파괴로

텃새로 자리 잡은 지 오래됐다.

꽃들도 철없이 피고 지고 한 지 오래듯이.

환생을 굳게, 믿듯이.

정령들

난 어디서 왔는가?

내 부모는 왜 날 떠나갔을까?

종족들은 어디로 흩어지고

나 스스로 지키지 않으면 살아남을 수 없는

살벌한 세상에 홀로 버려졌을까?

절규가 묻어나는 밤이다.

정령이 함께하는 밤은

깊디깊은 안개 속처럼 암울하다.

물그림자
— 어린 가마우지의 일기

날개를 다쳤다.

물에 얼비친 나무 그림자에 의지한 지 며칠 됐다.

물에 비치는 나무가 진짜 나무인 줄 알았다.

가지에도 앉아 보고

꼭대기에도 앉아 보고

시소도 타 보지만 출렁거리기만 할 뿐

몸이 가누어지지 않는다.

아이들이 물수제비뜬다고 던진 돌에 맞아

얼른 날지 못하는 내 소망은

진짜 나무 위에 한 번 쉬어 보는 것이다.

며칠 전보다 물이 탁해졌다.

종족들이 유해 조류로 찍혔다는데

나도 잡히면 어쩌나?

엄마도 잡혀갔는지 며칠째 안 보인다.

아, 낮은 낮이라서 덜 무섭고 덜 외로운데

해 저물면 어디에 깃들어야 하지?

응시

저 새는 왜 따라 할까?

쪼아도 보는데

아프지 않니?

한결같이 나만 쳐다보네?

얼른 날아올라 봐 봐.

응시란,

절대 가까이 다가갈 수 없을 때 일어난다.

내가 그를 하염없어하는 것처럼.

역동성

새에게 있어서 아름다운 것은 원초적으로 새의 비상이다.*

새의 아름다움은 형태가 아니라 역동성에 있다.

그래서 새들은 끊임없이 비상한다.

인간에게 있어서 아름다운 것은 공허한 눈빛으로

허공을 바라볼 때가 아닐까.

*가스통 바슐라르, 『공기와 꿈』에서 인용.

늙음에 대하여
— 늙은 왜가리의 일기

가뭄에 강물도 점점 줄고

몸이 늙어 잦은 이동도 버겁다.

산다는 게 외롭고 어렵단 걸 몸소 느끼겠다.

고단한 날개, 이제 접고 좀 쉬고 싶다.

공기도 뿌옇고 목도 칼칼하니

살날이 얼만지 꼽아 볼 때가 부쩍 많아졌다.

나나 인간이나

여기나 거기나

늙어 가는 삶은 매한가지!

늙었다는 건 죽음 가까이 갔다는 것.

증거

이중 삼중창으로 울어 대 쌓는다.
남녀노소 회합 중인 백로들의 아침이다.
새들의 요란한 지저귐을 들을 때
인간들은 시끄럽다고 귀를 틀어막고는
어떤 얘기도 들으려 하지 않는다.

"당신의 내일은 우리보다 안전한가요?"

약동躍動

약동!

이보다 더 야심 찬 말이 있을까.
봄기운이 펄펄 넘쳐나 뵈는 건
물을 떠나지 않는 흰뺨검둥오리의 날갯짓 덕분이다.

세상이 온통, 물빛처럼 고와서
새들의 날갯짓이 지금처럼만 힘차면 좋겠다.

지저귐
— 느끼다

하늘을 나는 새들이나

떠도는 구름과

그들이 실어 나르는 바람결,

봄은, 창공의 소리를 사랑스럽게 데리고 나타난다.

창공이 아름다운 건

그들을 가로질러 나는 새들이 있기 때문이다.

제2부

환한 시간

목련이 벙그는 밤의 천변川邊

목련이 꽃등을 밝혔다.
물에 어룽지는 환한 그림자들.
밤에도 꽃은 벙글고 새들은 날아온다.
저 나무 어딘가에 둥지 튼 새는 잠 못 이루겠다.
꽃망울 터지는 소리, 요란해서.

잠 못 든 어린 왜가리 한 마리,
물에 잠긴 나무 그림자로 날아든다.

자연이 준 모든 순간이 애틋하여서
그지없이 사랑스러운 봄밤에 빠져든다.

순응

동틀 녘,

새소리, 물소리, 산책 나온 개들의 하울링 소리 등.

아름다운 자연의 하모니가 천의 고요를 깨운다.

잠수부처럼 나타난 흰뺨검둥오리 두 마리.

여유롭게 어슬렁거려 본다.

선심 쓰듯 날개를 펴 줘 보기도 한다.

자연의 섭리에 순응하려 애쓰는 모습, 역력하다.

평생을 어떻게 살아갈래?

못난 부모의 넋두리처럼 햇살이 붉게, 일렁인다.

위안
— 어린 후투티의 일기

지구 온난화로 굳이 고향 찾아갈 필요가 없다네.

유채꽃이 이른 봄 마중 나왔으니

천변 산딸나무들도 곧 무성한 꽃잎, 자랑할 테지.

물속의 새들이 부럽지 않은 봄이잖아?

후투티와 산딸나무

후투티.
뽕나무에 서식하여 오디새라고도 하고
머릿깃 때문에 인디언추장새라고도 하지.
여름 철새에다 천변보다는 숲이 어울리는 새,
공작처럼 예쁜 머릿깃은 천적에게 쫓기거나
예쁜 암컷 새에게 구애할 때만 보여 준다네.

인간들이 무섭지 않니?

의아해하는 눈빛,
반항하는 사춘기 소녀 같다.

머릿깃도 펴지 않고 도망가지 않는 걸 보니
인간이 싫지만은 않은 모양이구나.
인간들이 준 먹이 맛에 길들여진 후투티,

"생태계가 무너졌다고들 하는데
날 두고 하는 말인가요?"

평온

따라갈까, 말까?

봄의 유혹은 그들을 사랑으로 엮어 둔다.
봄처럼 사랑한다면
우린 곧 헤어져야 해.

소용돌이

파문波紋 따라 물거품들이 둥글게 둥글게 춤춘다.
물 위에 부유물이 많다는 건 물 밑이 이미 썩었다는 것.

인간과 자연이 잘못 친해져서 그런데
누가 좀 바로잡아 줄 순 없나요?

본능

지독히 외롭고 치열한 삶이 늘 가로놓여 있는 운명들.

그만큼 잘 헤쳐 나간다는 뜻도 된다.

해후

곧 사랑을 나눌 모양이다.

감격스러운 울음소리, 좁은 천을 뒤흔든다.

남천! 남천!

어떤 장소를 이름으로 부르면
그곳은 황무지에서 고장으로 바뀐다*고 했던가.
새들이 안전하게 사랑할 동안 누구도 범접 못 하도록
남천은 콸콸콸,
힘찬 소리를 내면서 흘러가길 소망한다.

*로빈 월 키머러, 『향모를 땋으며』에서 인용.

공허의 방

부러움은 공허를 몰고 오기도 한다.

공허를 채우려면 또 다른 공허의 방을 만들어 둬야 해.

어느새 빈틈없이 가득 채워질 공허의 방,

저만치 오리들이 평화로운 풍경 한 장면을 선사해 준다.

한순간, 꽉 찬 풍경이 마음으로 들어온다.

왜 나는 늘, 밖에서 공허를 메꾸려는 걸까?

슬픔이 차오르는 여울

차갑고 서늘하고 반짝이는 햇빛의 교란에도
꿈쩍 않는 여울은 늘,
슬프기 짝이 없게 한다.
자개장에 박힌 새처럼 움직임이 없던 왜가리,
오묘한 날갯짓으로 짝을 부른다.
고즈넉하지만 품위가 느껴지는 아름다움이다.
저런 아름다움은 어디서 오는 걸까?
스스로 아름다운 줄 모르는 아름다움이
진정, 빛나는 삶임을 누구도 몰랐으니.

사랑의 활주로

물결을 길게, 긋고

길게, 접촉하는 새들,

물결이 늘 사랑스럽게 반긴다는 것을 알아서

물결을 활주로 삼아 아낌없이 사랑을 나눈다.

꽃놀이

천변 가득 유채꽃과 갓꽃 무리가 출렁인다.

꽃들과 시선을 맞춘 채 공중회전을 도는 새들.

저 꽃들의 짝짓기는 새들의 몫인가.

인간들처럼 우리도 사랑할 줄 안다네.

앞서거니 뒤서거니 따라잡기 놀이 중이다.

저문 천

일몰은 노장老將처럼 지친 몸으로 다가오지만
그윽한 아름다움을 품고 나타난다.
해는 그래서 위대하고 오묘하다.
봄빛과 어우러진 해는 물의 정취를 바꿔 놓는다.
겨울의 날 선 물결과 다르게,
비단처럼 부드러운 감촉으로 다가와서
새들은 낮은 비상飛翔을 즐긴다.

봄과 어울리고 싶어서?

지천이 봄

언제 들어도 처량한 말이다.

봄날은 간다는 말.

봄이 지천이라고 느껴질 때는 이미 봄은 다 간 것이다.

천변 옷가게에서 벌써 여름옷을 걸어 놓았듯이.

천은, 이제 늙은 소리로 흐를 뿐이다.

배회

밤의 산책로를 환하게 밝혀 놓은 갖꽃과 물새들,

스스로 광채를 내어 자신을 빛나게 한다.

이별의 시간

누가 돌아서는 뒷모습이 아름답다 했는가.
늦은 봄꽃들도 봄을 아쉬워하며
숭덩숭덩 무더기째로 썩어 나자빠지는
봄과 여름 사이, 애매한 계절의 감촉이
무가내無可奈, 안쓰럽기만 하다.
이별이 아쉽기는 하여도
사계절 다른 옷을 입는 숲이 있으니
뒤에다 대고 안심하라고 말해 준다.

제3부

투명한 시간

물의 궁전

물에 한 번 들어와 봐.

물의 궁전 좀 보렴.

너무 아름답잖아?

먹이가 숲처럼 널려 있어.

자욱한 물소리

자욱한 물소리에 애타는 울음소리, 묻힌다.

여름비는 무자비한 불한당이다.

언제 다리가 있었냐는 듯 감쪽같다.

장맛비

제 꾀에 넘어가서 새 밥이 된 물고기 이야기 아니?

물고기쯤이야,

총알을 장전하듯 엉덩이를 실룩거린다.

하루를 하루처럼

하루를 하루처럼 잘 보내려고 애쓴다.

어제보다 오늘이 낫기를 바라는 마음 때문이다.

오늘도 안녕히!

영역을 가진다는 것

물새들은 다 꿍꿍이가 있다.

물 깊이가 가늠되어서 낚시하기 좋다는 것쯤,

거기가 자신의 영역이라는 것쯤 알아챈다.

어디서 나타났을까?

내 꿍꿍이는 저들을 놓치지 않고 포착하는 것.

몸짓 하나로도

예식을 앞둔 신부의 드레스보다 더 순백해서
더럽혀질까 봐 가련한 백로의 날개.
위대한 존재는 자신을 우리에게 이해시키기 위해
자연의 뒤에 숨어 있다*고 했던 말이 떠오른다.
때때로 처연하리만치 위대해 보이는 저 날개.

*요한 볼프강 본 괴테, 『괴테자서전』에서 인용.

집으로 가는 길

최선을 다해야 해.

둥지가 있는 곳으로 얼른 날아가려면.

돌아갈 집이 있다는 건

누구에게든 가슴 벅찬 감정을 불러일으키지.

경계

만약, 대책 없이 울어 댄다면
냇물은 놀라서 깨어나고
동물들은 화들짝 놀란 눈 비벼 댈 것이다.
모든 걸 감내하고 조용히 기다려 주는
이른 아침에 대한 예의를 갖추는 삶,
턱시도를 입은 새신랑처럼 불편할 것이다.

고독이라는 감정

고독은 왜 혼자일 때 찾아올까?

창공에 떠서 하염없이 한곳을 살피는
늙은 백로 한 마리.
감각을 다 열어 놓고 세상을 바라보는 중이다.
날갯짓 멈춘 온몸에서 고독이 묻어난다.
자신의 고독을 새에게 전가해서
새의 감정인 양 덮어씌우는 인간들.
자신의 감정을 들키기 싫어하는.

도약의 시간

이른 아침,

새의 날갯짓은 하루를 준비하는 과정이다.

힘차게 날개를 펼치면서

'까아악!' 소리를 내어 세勢를 과시한다.

암컷에게 구애를,

수컷에게 서열을,

확실히 초다짐해 놓는 일이기도 하다.

희망찬 하루가 열리는 순간이다.

유유자적

가마우지가 물의 표면을 긁고 나는 모습에서
평화로움을 맛본다면 그 속부터 의심해 봐야 한다.
마침내 승리를 거둘 수 있으리라 희망하고 있*는
포악한 난동꾼에다 후안무치니까.

*로베르트 발저, 『산책자』에서 인용.

꽃

오묘하게 만개한 꽃잎, 꽃잎들.

어여쁘기 한량없는 백로꽃.

낙화

물빛에 어룽진 그림자가
물때와 섞여
어둑해진 물비늘 위로
떨어지는 꽃 한 송이.

제4부

박명의 시간

기웃기웃

"궷궷궷, 궷궷궷,"

전투적인 가마우지와는 다르게,
순탄한 삶을 누리고 싶은 백로들이다.
백로들의 삶은 천천히 가서
더 고요하고 평화로워 보인다.

나는 새

교회 종탑을 목표물 삼아서

휠휠휠,

부러워하는 또 다른 종족이 있다는 걸

아는 듯이 날갯짓 여유롭다.

사랑꾼

새들의 구애求愛 방법 중 노래하기가 있다.

노랫소리가 구슬프게 들려올 때,

세레나데의 곡조는 새의 노랫소리에서 비롯된 게 아닐까?

새소리에 놀라 잠 깨곤 하니까.

동반자

지금, 청둥오리 수컷이 암컷에게 구애 중이다.

짝짓기만 끝나 봐라. 속내 감춘 채.

수컷 청둥오리는 포란이 시작되면 둥지를 떠나고 말 것이다.

야속하리만치 훌쩍, 떠나고 나면

슬픔이 저 물결처럼 가슴을 때릴 것 같다.

누구나 그럴 것 같다.

대식가 백로

백로처럼 큰 새는 엄청난 대식가이다.

큰 물고기를 잡으면 무려 일 분 넘게

긴 목을 통해 내려보낸다.

그 정도는 돼야 배가 부르지.

배를 불리는 일은

어떤 세상살이보다 가장 큰 일이다.

그들만의 사랑법

좋은 날씨를 찾아 여행을 준비하듯

새들에게도 사랑하기에 딱, 좋은 날이 있다.

날아오를 때 부리를 벌려 크게 울면서 짝을 부르는 백로.

네가 노래를 불러 줄 때,

내 마음은 한껏 부풀어 오른다는 거 모르지?

순간 포착

물고기들이 수면 위로 펄쩍펄쩍 뛰어오르는 저물녘,

기회를 놓치지 않는 그들만의 순간 포착.

기회를 놓치지 않는 삶의 방식,

아슬아슬한 곡예를 보는 것 같다.

간밤에 무사했는지를 궁금하게 하는 삶이다.

시간을 따라가다

깃털은 새들의 생존 여부에 있어 먹이만큼 중요하다.

새들이 깃털 청소하는 일에 하루의 10퍼센트를 쓴다.

이른 새벽, 잠 못 들고 책상머리에 앉아 고뇌하는 일,

생존 여부와 아무런 연관이 없는 일이다.

모자에 깃털 장식을 달고 휘적휘적 걸어가는 여자처럼

그들의 시간을 따라가다 보면

버릴 게 하나 없이 벅차고 알차서 눈물겹다.

어린 시절, 어머니의 하루를 지켜보듯이.

대마왕

물고기가 나타나면 나무 위에서도
빛의 속도로 내리꽂듯이 다가간다.
물고기는 그들에게 보이는 것보다
7센티미터 더 멀리 있다는 걸 계산해야 한다.
각도와 수심 계산을 재빨리 끝내지 않으면 고기를 놓친다.
그럴 일은 거의 없다.
속임수의 대마왕 백로니까. 그러고 보니
잘 속이는 사람이 잘사는 것 같다.

흰뺨검둥오리

잠수의 천재 흰뺨검둥오리,

무리 지어 다니기를 좋아한다.

부화하면 바로 어미를 따라 먹이 사냥에 나서는

어린 오리들의 독립심이나

어미들의 모성애는 지극하다.

트라이앵글

사람들은 집으로 향하는 시간이며,

새들에게는 어디든 깃들어야 할 시간이다.

저녁과 노을,

물든 천川과 두 마리의 백로는

서로 보듬는 가족 같아 지극히 안심되고 사랑스럽다.

얼른 집으로 돌아가고 싶게 한다.

누가 나를 기다려 주기나 하는 듯이.

마지막 비행

저 숲 어딘가에 가족이 있어 줄까?

인간이든 새든 사랑의 품으로 돌아갈 일만 남은

저녁의 품, 너그럽기만 할까?

노을빛 저렇게 불타오르는데

돌아갈 집이 없다면,

기다리는 가족이 없다면 또 얼마나 쓸쓸할까?

외면의 응시

여긴 누구 집이니?

주인이 있기나 한 거니?

외면하는 눈빛 역시 서로 닿아 있다.

끈기

왜가리들이 사냥에 능하다는 걸 알려나 몰라.

가장 큰 무기는 끈기지.

끈기는 성취할 수 있는 무기란 걸 인간도 배워야 해.

이들은 하염없이 응시하면서 삶을 견뎌 내는 중이야.

자기 파괴*

— 백로 일지

물 위에 떠다니는 찌꺼기들이 먹이라면 얼마나 좋을까?

온몸이 오염투성이로 산 지가 얼마던가.

"너희는 행복하니?"

*정혜윤, 『슬픈 세상의 기쁜 말』에서 차용.

새들의 명상법

싱그러운 여름 물빛은 편안한 몸으로 만들어 준다지.

인간들이 외롭지 않음을 알려 주는 언어 없는 존재들의 소리를*

한껏 들려주는 새들.

오늘도 인간들은 그들의 소리로 마음의 안정을 찾는다.

*로빈 월 키머러, 『향모를 땋으며』에서 인용

징검다리

이른 아침, 홀로, 징검다리를 건너가 보는 여유로움.

혹은 먼 데를 오래 바라보는 기쁨.

징검다리가 없었더라면 하루에 수십 번씩 천변 큰 나무 위를

날갯죽지가 아프도록 오르내려야 할 새의 일상.

징검다리가 나눠서 해 준다.

서로는 어느덧 친구처럼 정답다.

꿈

한밤중, 선녀가 내려오면
백로가 물 위로 내려앉듯 사뿐, 내려올 것이다.
눈 감고 들으면
날개옷 접고 두 손 물결 쓰는 소리,
참방참방 개울을 적시는 몸의 소리,
아련히 들렸다가 사라지는 새벽녘 여울.
모든 세상이 꿈처럼 자욱하다.

각자도생各自圖生

대중목욕탕의 넓은 냉탕 속에 풀어놓은 아이들.

지지갈갈하게* 놀아 대는 통에

손자 돌보는 할머니처럼 천川은 혼이 쏙 빠진다.

어린 쇠오리들은 그렇게 하루를 보낸다.

세상모를 때가 좋다는 말이 생각난다.

어린이의 세계를 모르고 하는 어른들의 속단이다.

저 속에서 약육강식을 배워 나간다는 걸

까맣게 잊어버린 어른들.

*'지지지지'의 방언. 수다스럽게 떠들거나 노는 모양.

월하정인月下情人

사실,

물을 한껏 덮어쓰고 유유히 헤엄치는

둘의 짓거리는 둘밖에 모른다.

나르시시스트Narcissist들

저 새가 물거울을 통해 자기 과시를 하는 것과

저 새를 통해 본인을 들여다보는 인간의 행위는

분명 같은 감정이다.

폭풍 전야

천재지변을 가장 먼저 알아채는 동물의 세계.

쇠오리들의 몸놀림이 분주한 걸 보니

잠시 피할 자리를 잘 찾아 이동할 분위기가 감지된다.

태풍이 물러가면 언제 그랬냐 듯 옛 자리로 몰려와서

먹이 활동에 목숨 걸 것이다.

오늘은 맑음

물 흐름이 경쾌하고 새들 발 디딤도 가벼워 보인다.

한 발 한 발 내디딜 때마다

성큼성큼, 자박자박, 사뿐사뿐, 참방참방,

귓전을 간지럽히는 물의 발자국,

쾌활해서 명랑한 아침 천川이다.

망망대해

깃발처럼 펄럭이는 물결 탓에

망망대해에 가로놓인 한 척의 배처럼,

시련에 흐느끼는 철학자처럼,

고뇌에 빠진 날갯짓.

보는 순간,

모두는 갈 곳을 잃는다.

제5부

못다 보낸 시간

오월이 준 선물

새들은 이제 떠돌지 않고
머무르기로 작정한 유목민 같다.
분주히 터 잡기에 바쁜 나날들,
여기가 정착지가 아님에도
큰 짐을 부려 놓는다.

출몰

저 가마우지는 혼자라서 외로울까?

그림자놀이

물에 비친 네 모습에 깜짝, 놀란 건 아니지?

적멸寂滅

계절은 저들을 데리고 곧 떠날 것이다.

추격

요령부득의 생生!

환상의 퍼포먼스

모조지 한 장을 마구 구겨 놓았다.

발끝으로 물고기를 낚을 작정인 중대백로의 장전裝塡.

어느 대가의 작품이 이보다 값질까?

공허

얼룩덜룩 온갖 음식물로 얼룩진 옷차림을 한 냇물이다.

얼른 벗겨 주세요!

애절한 목소리, 귓전을 울린다.

성선설性善說

약육강식이 만들어 낸 산물이다.

날 때부터 유해한 생물은 없을 거야.

물의 발자국

쇠백로들이 저문 천川 위에

발자국을 꾹. 꾹. 찍어 놓는다.

누구 발자국이 더 예쁠까?

물이 시샘하여 물결을 불러와 덮어 버린다.

눈이 내 발자국을 덮듯, 감쪽같다.

일상

서로의 일상에 시비 걸지 않기!

공동 사회에서 가장 필요한 규칙이다.

공생 공존

활짝 핀 꽃이거나,
활짝 편 날개거나,
아름다운 자태들은 그 안으로 시나브로,
스며들게 하는 마력이 있다.
인간들도 어느새,
자연과 한 몸이 되는 그날까지
무한히 스며들고 있다.

돈오점수頓悟漸修

인간의 가슴도 새 날개처럼 활짝 펴진다면

얼마나 더 관대해질까?

에필로그

한 발, 한 발, 내딛는 발자국에
새들은 놀라 도망가고,
흐르던 물은 숨죽이다가 스러진다. 차츰,
화답해 줄 차례란 듯
명랑한 목소리로 노래하는 새들.

–당신들은 우리가 뿜어내는 향기만으로도
충분히 행복을 누리고 있지 않은가요?–

남천 일기

초판 1쇄 발행 2025년 1월 14일

지은이 황명자
펴낸이 이계섭

책임편집 박찬세
디자인 이라희

펴낸곳 (주)백조
주소 경기도 화성시 남여울3길 19 201호
출판등록 2020년 8월 14일
전화 031-8015-0705
팩스 031-8015-0704
E-mail baekjo1120@daum.net

값 18,000원
ISBN 979-11-91948-24-0(03810)